KB176775

그저 이 밤이 좋아서

그저 이 밤이 좋아서

김필

차례

제2부 ── 처음의 넌 ─────────────

머리말

누구나의 밤, 어느 날의 낮, 사랑했다면 겪었을 감정들을 기록하고자 하였습니다.

낮게 깔리는 감정들을 감추지 않고, 과장하지도 않고, 표현해 보고 싶었습니다.

그래서 여과 없는 표현들에 다소 불편한 마음이 들지 모르겠습니다.

일단, 이 책은 기본적으로 감정의 상태에 따라 글을 편성하였습니다.

제1부는 이별과 사랑을 이루지 못했을 때의 불안하고 서글픈 마음의 글입니다.

제2부는 애틋함 그 자체 혹은 지난 날들을 그리움으로 회상하고 승화하는 결론적인 글입니다.

지금도 아프고 아름답게 사랑하며, 살며, 하나의 시, 수 권의 시집이 되는 독자 여러분께 이 책을 바칩니다

제1부

끝으로 나

당신의 반댓말

나는 당신으로 하여금
기꺼이 어둠이 된다
그대 서있는 그곳에서
밤 보다 짙은 어둠이 된다
없던 때에도 그래서 내가 있음이다

이런 나는
당신이 첫 의문을 가질 때 태어났다
보이지만 구분할 수 없는,
알 수 있지만 설명할 수 없는,
이런 나는
당신에게 부재이길 원한다
당신이 끝내 깨닫지 않길 원한다

나는 무겁고 검은색 어둠이다
나는 슬픔 위로 덧칠한 우울이다
나는 당신과 희락의 반대편
흩어져 있는 불행이다

타오르는 작약 밭

내가 당신을 사랑하지 않음은
내 삼키고만 슬픔에 근거한다
내가 당신을 사랑하지 않음은
홀로 지독한 내 밤에 근거한다
글로 눈물로 다 적지 못함은
감추이고 끝내 알 수 없는 비밀일 수 있다
이 밤이 그럼에도 다 가고야 말 것은
당신이 잠들고 내가 고이 보내야 함은
어느 낮 어느 밤 사이의 슬픈 맹세에 있다
내리쬐는 정오의 햇살 아래
타오르는 작약 밭 같던 사랑
내가 당신을 사랑하지 않음은
이를 악물고 그곳에서 멀어진 데 있다

그게 그래서

상처 받지 않기 위해 노력하다
조심조심 적당히 하려다
결국 또 아프게 사랑해버리지

하얀 바람

이 겨울이 가면
이 겨울을 그리워할까
이 겨울이 가면
의미들이 지나가면
나는 이 모든 걸 그리워할까
아쉬워할까
그래서 조금은 슬퍼질까

이 겨울이 가면, 가버린다면
애틋한 이름의 당신들을
마음에 둘까
추억할까
온통 하얗던 그날,
담담히 눈을 맞던 당신이
다시 못내 보고플까

맥주 두 잔에

매일 취할 순 없을까
지금처럼
마치 넌 사랑일 텐데

기다렸어

그 장소 그 자리에서 기다렸어
오랜 시간 홀로 춥고 슬펐고 그리워했어
오늘도 나는 그곳에 가
그리고 당신은 역시 오지 않을 거야

농담

내가 자주 하던 농담이었는데
당신의 신경을 건드리고 말았네요
당신이 좋아하던 농담이었는데
다른 사람의 여자인 당신은
더 이상 이걸 좋아하지 않나 봐요

언젠가 스치우면 만나자고…
그렇게 서둘러 당신과의
통화를 끝내고 말았어요
그날은 미칠 듯 당신이
보고 싶은 날이었는데 말이에요

그 사랑

어디로
어디쯤
가 있을까
언젠가
네게로
던져냈던
그 사랑
돌아오는 길을
잃어버린
그 외론 감정

양말

오후의 햇살은
방안 가득 찾아와 있었다
소주병, 휴지, 먹다 남은 컵라면
용기 속의 나무젓가락
그리고 문득
네가 벗어 놓았을 양말 한 켤레
알아보고는
서둘러 눈을 감았다
돌아누웠다

아침 햇살은
방안 가득 찾아와 있었다
음악을 켜고
커피를 내리고
간밤에 어떤 꿈을 꾸었냐며
우린 짧은 입맞춤을 나눴지

달콤했어
커튼을 젖히고 누구보다 먼저

아침을 마중 나갔지
그러곤 문득
네가 신었을 양말 한 켤레
저게 뭐라고 심란하다,
서둘러 눈을 감았다
다시 돌아누웠다

three

안아줘
그럴 수 있잖아

만약에

네가 취한 밤
네가 울먹이던 밤
늦은 시간 따위에 망설이지 않고
너에게 갔다면,
지금의 우린 달라졌을까

이리도 어렵지

이리도 어렵지
힘들기만 한 걸까
사랑하는 것도
사랑받는 일도
잘 안다고
할 거라고
말하지 못하게 되었어

통증

마치 당연한 듯이
너무나 합당한 듯
그리움은 언제부터
나만의 몫이 되었나

먼 밤

집 앞에 다다랐습니다
어머니는 벌써 내 방의 불을
밝혀 놓으셨습니다
나는 대문을 쉽사리 열지 못합니다
담배를 한 대 피워 올리고,
잠시 밤하늘을 올려다봅니다
어머니께서 TV를
보시고 있나 봅니다
창유리에 화면 채색이 비추이고
종종 어머니의 기침 받는
소리가 들려옵니다
담배를 발로 비벼 끈 후에도
나는 대문을 열고 들어가지 못합니다
당신과 큰일이 있었던 게 아닙니다
당신은 여느 때와 다름없었고,
나 또한 그러하였습니다
따지자면, 그래 그게 문제였습니다
당신은 정말 다름없었다는 것과
나는 그런 척했다는 것

당신은 보며 웃고 있었다는 것과
난 가끔 웃고 있지 않았다는 것
종일 당신에게 전전긍긍하고
이런 내 마음에 끝까지 침묵했다는 것
어머니께서 나를 기다리시다
끝내는 졸음 할 걸 알면서도
이 대문을 열고 들어가
쉬이 오늘을 마칠 수 없는 이유입니다

이별이란

내가 걷는다
네가 걷는다

동시에 멈춘다

다시 내가 더 걷는다
다시 네가 더 걷는다

반대로 서서

빨간 신호등

당신이 차창 밖으로
걸어갑니다
당신을 눈으로 좇습니다
차가 멈추어
손에 잡힐 당신은
저만치 걸어나가
또 어느새 먼 사람

당신이 창 너머에서
이쪽을 봅니다
나는 알은체 하는 대신
시선을 돌리고 맙니다
다시 속력을 내는
버스 안에서 결국
고개를 떨구고 맙니다

당신을 안은 날

너와 입을 맞추던 밤
네가 안겨온 밤
넌 내 품에서
확신했을까
안도했을까
사랑했을까
아님 역시나 혼자라고
더 힘을 줘
끌어안아야 했을까

늦어버린 말

강을 건넜다
시린 달이 뜬 밤이었고
강은 얼어 있었다
살얼음을 노로 깨며 나아갔다

넌 전갈을 보내왔다
난 씨를 뿌려야 했다
넌 다시 전갈을 보내왔다
수확을 해야 했다
난 땔감을 준비해야 했고
넌 아직 소식을 물어왔다

강얼음이 조금 녹기를 기다렸다
난로를 지피고 호콩을 까먹으며
전갈을 기다렸다
너에게서 소식이 끊겼다

강을 건넜다
시린 달이 뜬 밤이었고

강은 얼어 있었다
문은 잠겨있지 않았다
장작은 아직 타오르고 있었고
방은 훈훈했다
넌 거기에 없었다

소낙비처럼 붉은 태양처럼

파도처럼 들이치다 부서져버리겠어
바람처럼 몰아치다 흩어져버리겠어
위태로웠어
찬연히 빛났고 그런 만큼 위험했어
전부를 걸었고 전부를 잃었지
사랑한다 믿었고 그 믿음은 나를 일으켰고
또 순식간에 무너뜨렸지

한순간의 꿈같아 한 시절의 노래 같아
이제는 잊히고 더는 불리어지지 않아
지나갔고 지나갈 뿐 돌아오질 않아
소낙비처럼 한순간에 쏟아져버리겠어
붉은 태양처럼 남기지 않고 타오르겠어
당신도 이번만은 나를 따라오지 못할 거야
당신이 나를 떠올리지 않았으면 좋겠어
끝내는 그 모든 걸 잊어버리면 좋겠어

전야

내 하루에 이윽고 어둠이 깔리면
떠올라 떠가는 게 있다
나는 사실에 가까운 진실이었나
묻지 않을 수 없었다
너는 무엇이었으며 나는 어떠했나
이 밤 반드시 도시가 잠들어야 할때면
기어코 기억일 게 있다
하나 둘 세다가
너무 많이 쌓인 숫자와 함께
커다란 새벽, 홀로인 적 있다

그렇게 멀어져

당신이 없다
오늘도
내일에도 없다
당신은 당신에게도
이미 오래전
내가 없다 한다

없었으니까

나는 점점이 밝은 가로등
사이를 걷습니다
느리게 또렷한 그 빛을 봅니다
나는 확신하지도 못했습니다
수많은 불만, 오해 속에 살았고
어떠한 것에도 저 자신을
증거하지 못했죠
슬퍼했을까요
저는 나아만 갑니다
내가 도중에 끝난대도
이제와 굳이 변명하지 않겠습니다
설득할 수 없으리란 걸
그때 알았으니까요
서로의 입장 차를 좁히지 못할 겁니다
깁니다
멀겠죠
우려보다 그러할 걸 압니다
생각 이상이겠죠
걷습니다

늦었고

혼자였죠

때때로 멈춰서 다짐해야 했습니다

어느 위로로도

당신은 지나쳐가고
이내 사라지고 말 것입니다
당신은 서두르지만
가는 당신을 붙잡는 건
또 있습니다
그렇게 미련스런 마음이
당신에게서 늦고야 맙니다
당신은 지나쳐가고
이내 사라지고 말 것입니다
우리 중 지금 당신이 맞아요
결국은 그 누구도
남지 않아야겠습니다

message

어떻게 잊겠어요
당신과의 그 밤을
나에게 기억하라 하세요
미련 두라 하세요

어떻게 잊겠어요
짙고 허다했던 당신을
밤을
별들을

차마 내가
어떻게 잊겠어요
지울 수 있었겠어요
당신 중 그 어떤 걸
사랑의 어느 부분을

달랐고 틀렸다

당신은 내가 알 수 있는 사람일까요
혼자 남겨지겠죠
나는 불리어지지 않아요
당신 이후로 믿을 수 있는 게 없고
내가 사는 거라면 그건 그냥이에요
모든 건 단번에 끝난다 해도
이상할 게 없었죠

이 순간은 무슨 의미였나요
비어있었고 무심히 또 지날 거예요
난 아무것도 아니고
잊힐 사람으로써 하룻날에 지워진대도
쓸쓸하지가 않아요
당신은 내가 알 수 있는 사람일까요
날 기억하지 않을 테니까

끝이란 걸 알지만

차라리 거절해요
아주 저물기 전
나도
먼먼 내 자리로
되돌아갈테니

단 한번 스쳤죠

이별이군요 이걸 어떻게 한다죠
기억할 거예요
울겠습니다
당신은 홀로 서두르지만
난 아득한 밤이고
셀 수 없는 날이라야 겠습니다

다시 그날들을 빌었어

오래된 그 편지를 꺼내들어
해묵은 감정이 있어
그 날들이
그 밤들이
그리고 당신이 있어
이젠 별거 아니었는데
또 별일 아닌 날이었어
하지만 의미들이
노래가
당신은
여기 있었고
당신을 그려보고 그리다
좀처럼 내려놓질 못했어

빈

말실수를 하게 되더라도
조금은 내가 울게 되더라도
너를 두고 엉망이 되어도

이제 내 얘기를 할까
내가 네 얘기를 할까

검은

그날의 우리는 무엇이었어
라고 물어오는 너에게
사랑이었어
적어도 진심이었어

우리는, 그건 무엇이었어
자신은 무엇이었어
마주친 네 슬픈 두 눈에
결국은 침묵하고 말아

잊히면, 잊혀지면

잠이 온다
잠들지 않는다
들려온다
부르지 않는다
나는 너의 이름을
너의 존재함도..
밤이 온다
이윽고 잠자지만
나는 아니다
너는 결단코
사랑일 수 없었으니까
지새우다, 울다
또 아무것도 아니다
들려오는 건
흰 새벽
걸어 나가 멀어진
간밤의 너

봄부터 겨울은 기다린다

이제 막 눈 내리는 골목길을 걸어
가로등 빛 가까이까지 내리는 눈을
또는 빛을 망연히 바라봅니다
그것은 예전의 우리처럼
서로에게 눈부셔합니다

집집마다 피어오르는 젖은 김을
보는가 하면,
그 안에서 도란거리는 소리를 듣습니다
지금 막 내 안의 소요를 듣습니다

이제 막 눈 내리는 골목길을 걸어
맨땅보다는 보드라운 내 걸음소리를
깨닫는가 하면,
이 눈처럼 내 걸음소리를 사뿐하게 만들던
당신이었음을 깨닫습니다

이제 막 눈 내리는 골목길을 걸어
떠오르는 이어진 당신 생각에

이 눈이 서둘러
그치지 않기를 바랐습니다

잊었을까 해서

오랜 이야기를 다시 해볼까 해
부질없는 일인지도 모르지
세상 밑의 생이 빛과 늘 닿듯 내 글은
당신에게 가 닿았을까
어느 낮 어느 저녁에 그러니까
어떤 단어와 문장으로 말야
서글픈 말 뿐이었지 푸념과 같았어
어쩌면 없어도
하지 않아도 될 말이었어
그럼에도 내 마음들을 꺼내고 있어
두세 마디면 후회해버리겠지만 말야

보내줬던 시간들

사랑했으니까 이런 얘기도 한다
쓸모없을 말을 취해서 한다
반복해서 같은 말을
취한 김에 말한 김에 한다
사랑했으니까 이런 얘기도 한다
어제에는 후회하고
다짐도 한 오늘이지만
술 먹으면 다 잊고 술 잘먹다가
당신을 또 사무쳐 한다

밀려 오네

떠나겠습니다
잊혀지기로 할게요
오늘도 사랑이고
아니한 날 없지만
잊힐 길이라야겠죠
고독하고 어느
거센 날이겠습니다

월야(月夜)

봄에는 해당화라 그 빛깔 어느 날 났고
어느 세상에서 지는고
봄에는 해당화라
멀건 백주에 어젯일을 달래어 볼까
금곡이 춘풍에 실려오면은 너풀 너풀
춤이나 춰볼까
가다듬어 장문을 읊어볼까
이 가련한 곡조가 끝나거든 말해주오
그때에는 당신 가는 세상 나 한 번 보리오
봄에는 해당화라 석곡에 백일홍이라
비가 기어이 온다 하오
구릉까지는 안개 자욱하고
섬돌 위 단정한 꽃신은 젖고야 말겠소
그 날이라면 마땅히 당신과 고별하리니
이 밤은 쉬어 가오
내게로 한 번은 안기었다 가오

이별에도 바라는 것 있다면

당신과 어설플 바에야
마음도 단어도
우리를 흔들 그 무엇 하나
남지 않는 것이 좋겠다

어떨 땐 흐린 날이 선명하다

어느 날 사랑했었지
어느 순간 행복이었지
옅고 사라져가지
결단코 잊혀야하지
밤은 잠깐이겠고
너와 나는 아침까지이고
이 사랑도, 그 앞에서의
맹세도 마찬가지야
알잖아 사랑이란
그 끝을 늘 준비해야 되는
슬픈 일이란 걸

가득 차 있다

우리의 단어들 감정들
순간과 허다한 애틋함들
겨울은 왔지만
피고 또 지지만
그런 건 없어
모든 게 어제 같고
아직 당신 같은데 말야

어느 비 오는 날

결국 또
애써 담담히
당신을
그리움들을
힘주어
지워버렸네
다
쓰다가

그건 알 수 없을 정도

너는 왜 울었을까
나도 왜 울었을까
사랑한다면
사랑하면 되었을텐데
뭐가 어려워서 였을까

너는 왜 울었을까
나도 왜 울었을까
그 슬픈 사랑은
사랑이 아니라
슬픈 일일 뿐이었을까

멀리 가고 있다면

내가 알 수 있게
당신은 그저 당신이 되세요

알 수 없었지만
당신은 바라던 사랑을 하세요

희고 붉다

당신과 나 사이
그 질문이 뭐였지
그 슬픈 말이 무엇이었어
고요한 밤
가로등 아래
가슴이 저려온 건 왜일까
눈물 흐르고
가슴 아파야 했을까
돌아갈 수 있다면
당신이 또 서있는다면
다시 겨울과
고요한 밤
가로등 아래
흰 빛
작은 열

다시 돌이키자면

우리가 이 날을 기억할까
서로를 내려놓고 잠에 들 수 있을까
시도 그치겠지
밤은 다하지만 아침은 오지 않을거야
우리가 끝이어야 할까
지금은 어느 즈음의 밤일까
그때에는 시도 밤도
다른 누군가의 것이겠지
소란들은 멀어지고
그리곤 아무것도 들려오지 않았어
벌써부터 당신이 그리워져
결국 한 덩이 울음이 만져져

구하고 바랍니다

저 철문이 철컹하고
닫힐 때마다
나에게 들려
가난이, 이 생의 비루함이

할 말이 많을 때마다
나는 생각해
침묵이 더 효과적이고
난 영영 오해받겠구나 하고

이 생이 철썩하고
발 언저리까지 차오르면
나는 깨달아
다 끝나가고..
모든 비극일 것들을

산행

하얀 자작나무 숲을 걷고 있었지
멀리로 노을이 지고 있었어
우리는 서로에게 바라지 않았고
그래 무언가 잘못 돼있었어
하지만 걸으며 회상했고 당신은
여전히 내 안 깊숙한 곳의 울림이야
외마디 산새소리가 들려와
오래도록 숲길을 걷고 있었지
아득하기만 했고 알아,
되돌리기엔 너무 늦어버렸다는 걸
결국 이곳에서 당신을
전부 잃어버릴 것만 같았지

내 마음의 기원

울음들 나를 침잠해온다
진심을 쏟아낼수록 되돌아오는 건 잡음들
내가 이런 사람인가
산다는 건 이토록 비루한 일이던가
모두들 발치만큼의 시선으로 걷는다
앉는다 먹는다
손을 잡거나 그리워한 날이 없다
난 그래서 글쓰기를 멈추지 않는다
홀로 고독하다, 쓸쓸하게 져가겠지
대단할 거 없다 누군가는
애처로와 늦도록 그려보다 잠드는 거니까

슬프게도 잊는다

우리라는 말이 갑자기
날아와 내 가슴에 박혔어
함께였는데 좋았는데
그걸로 부족했던걸까
우리라는 말에
부질없이 먹먹해졌어
다시 읊조리자
어색한 말이었거든
간절했었지만
그보다 더 잊고 지낸
그게 당신이었어

감기 같아

너는 슬픔이 되려한다
혼자있는 방안에
슬며시 내려앉는다
머물러줘 내게서
그 아무것이 되어줘
아무렴 좋으니
미련하는 그것이어.
너는 선혈처럼 번지고
횟횟한 열꽃은 핀다
뒤척이며 시름했었다

나약한 사람이 뒤돌아본다

이렇게 끝나겠죠
당신을 부르는 것도
홀로 서글픔까지
계절이 바뀌듯
꽃잎 져 떨어지듯
막을 수 없는 거겠죠
아, 당신은
허무한 사람이었네요
사랑은 한 때라더니…
간절할수록 말예요

어쩌면 우리가

당신은 위태로운 사람이었지
당신을 사랑한 것이었을까
단지 내게 사랑이 있어서 였을까
당신은 서있기 힘든 사람이었지
당신을 버티고 서서
다른 마음일 수가 없었지
우린 어리석은 연민일 수도 있겠어

끝에서나 할 말들

그리움이 많지만
아무 말도 되지않아
난 끝까지 부정 당하겠지
그러쥐고 있다 지쳐
놓아버린 것들이 많아
당신은 다를 줄 알았어
내가 써본 단어를
작게 외기도 하였으니까
하지만 거기 까지야
생겨나는 건 숱한 비애…
슬픈 말만이 떠올라
난 최후와 같은 글을 쓸테고
당신은 한참이나
멀어진 뒤겠지
결국 이 글만 남을 거야
덜어져있는 것 같아서
다만 쓰고 또 쓰겠지

한숨조차 나지 않을 때 있어

오해를 걷어낼 수도 없고
많은 말들로도 해명할 수가 없다
고독뿐인 그것이 세상이다
죽음이 기다리고 있고
우리는 가깝거나 조금 멀 뿐이다
빨리도 간다 시간은 난다
지나갈 사랑에 스스로를 걸고
그가 돌아오는 길 도중에서
참 오래도 기다렸었다
생은 애잔함이다
잔을 기울이며
고슬밥을 나눠먹자면
눈물어리지 않는 사람이 없다

세상은 아직 세상이지만

그때로 돌아갈 수 있을까
회상하고
아, 난 그리워해
모든 건 생동했고
봄날에 청춘이었어
미풍이 불어왔었고
꽃가지가 살짝 흔들렸었지
오, 다시 슬퍼진대도
그날을 살고 싶어
모두에게 잊힌 노래가 들리네
그날의 하얀 달이 아직 뜨네
많이도 슬퍼했어
하지만 사랑했었고

아직도 아름답기만 하다

폈다 또 진다
생각할수록
애틋하기만 하다
되돌아가면
몇줄 미련일 뿐
다 어젯일일 뿐
가을비에
꽃진 자리였다

이젠 초라해진 말

미안해 지금 그 말은 잊어줘
제발 그 표정은 짓지 말아줘
바람부는 날이었어
저녁이었고 네 머리칼은 날렸어
거리를 걷고 있었지
때때로 눈을 맞췄고
잠시 멈춰 안았었지
따스했어 빛났어 정말 그렇다고
이제껏 어느 때보다 그러하다고
아직 미련스런 마음에
사랑해 당신 또한 이 말이라면
미안해 지금 그 말은 잊어줘

숨을 언제 쉬어 냈을까

세상의 모든 사랑들
세상의 모든 헤어짐들
술 한잔 삼킨다고 잊힐까
봄이 온다고
다시 사랑할까
세상의 모든 기억들
그리고 허망함들
술 한잔에 잠깐 놓고
웃어보이지
밤도 한켠의 마음도
다만 늦도록 깊어가지

제2부

처음의 넌

알 수 있는 일

가슴 살랑이는 오늘
이 날 새삼 환한 게

기별 않고 내 세상엘
당신 다녀갔던가요

밤을 걸어

시간은 늦어
모두들 돌아가고
문은 잠겨있었다
너는
나는
걷고 아무 말이 없었다
시간은 늦어
미처 돌아가지 못한
너는
나는
그냥 아침을
맞이하려 한다

바람은 불어온 곳으로
돌아가고
달은 가까워
달의 조각들이 여기
쏟아질 듯하다
너는 곤하였는지

내게 오래도록 안겨있다
네 숨이 닿고
네 손을 잡아 본다
밤은 거기 있고
아무런 것도
아무 말이 없었다

너에게 간다

너는 강 건너에 살았다
너는 아무렇지 않고 잘 지낸다 하였다
그곳에서 아무 일 없고
누구도 없고 너도 원치 않는다 하였다

그러나 나는 알았다
비가 오는 날이면
강 위로 떨어지는 비를
네가 하염없이 바라다본다는 것을

그러나 나는 알았다
강변길을 걷고 또 걷다
돌아가는 길을
네가 오래도록 잊는다는 것을

나는 또 알았다
밤안개 피어 오른 시간이면
네가 조용히 기도하고
늦도록 눈물짓는다는 것을

나도 모르는 새 내게서 피어났다
내 안에서 번지고 퍼져갔다
네가 애써 거듭 괜찮다고 할 때마다
너를 위해 울게 되었다

강으로 갔다
배를 띄우고 노를 저어 나아갔다
늦지 않은 것 같았다
네가 웃으며 손을 흔든다
너에게 힘껏 나아갔다
우리는 강 건너에 살았다

목소리

네 생각이 나서 걸었어
다른 생각 말고
네 생각 하나여서 걸었어
네 목소리를 들려줘
수화기에 입술을 붙이고
네 목소리를 들려줘
입맞춤하듯 입술이 붙었다
떨어지는 소리를 듣고 싶어

물기를 머금은 혀가 입안에서
달각거리는 소리를 듣고 싶어
수화기 너머로 빗소리가 들렸어
아니, 아닌 것도 같아
네 목소리가 빗소리 같아
정말 꼭 그것 같아
네 생각이 나서 걸었어

네 목소리를 들려줘
네가 내게 있게 숨소리를 들려줘

꿈, 결

시간이 그러하고
스스로 그러하고
그렇게 모든 게 변한다지만

시간이 스치고 스쳐도
내 안에서 변함이 없는
당신 같은 이도 있어

시 쓰는 마음

시.
그런 건 없다
그럼에도 내 글이
시와 가깝다면
다만 내겐 당신이
있었을 뿐이다

밤처럼 까마득한
당신과의 감정이
나를 두드려
한 번에
열어줬을 뿐이다

바라고 있어

나는 당신에게 무얼 할 수 있을까
나는 당신에게 무엇이 될 수 있나
사랑이 될까
위로가 될까
진실이 될까
나는 당신에게
당신은 나에게
간절히 바라왔던
빈…

그 단 한 가지가 될까

열꽃

나는 외려 아무 말도
할 수가 없었다

어여쁜 당신이
내게 웃어보이던 그 순간

아무런 말도 그건
당신이 아니었기에

당연한 거라고

당신은 왜 자신을 사랑하느냐고 물었지
당신이 당신이 아니라
내가 되면 알 거라고 나는 답했지
그러면 당연한 거라고

그림일기

하늘을 좋아했지
무엇인가 그려내듯
하늘을 올려다보곤 했지
나는 그런 당신을
보고 있었지
당신의 하늘 같은 게
나에게는 당신이었어
당신이 하늘에서
무엇인가 담아낼 때
나는 다 잊고
당신 생각뿐이었지

다짐

날자
날아 보자
가본 적 없잖아
닿은 적 없잖아
날자
날아 보자
몸이 떠오르기까지
날갯짓하자

고이 적어 보는

아름다움에는
다른 길이 없어서
꽃도 사랑도
아프게만 피더라
그래서 더욱
꽃이라 사랑이라
이름하더라

내 안의 중력

빈 내 마음이 거짓말처럼
채워집니다
많은 것들을 지나, 스쳐
이건 당신이 내 안에서
비로소 생겨나서였죠
가득 벅차오르곤 했습니다

꽃 같은 잎 같은

내가 기억하고
잘 알고 있는 것은
바라던 봄은 오고
너는 피어오를 거라는 것

당신을 종이 위에 적는다면

당신과 그 계절에게
말하고 싶다
나와 어느 아픔에게
말하고 싶다
우리 만나
그저 스치지 않았다고
여느 날의 작은 소란도
분명 사랑이었다고

숲에서 눈을 떠

밤까지 함께 있어
진정 세상이 무너진대도 좋아
아침해를 더는 볼 수 없어도 좋아
이 밤에 머물러, 우리가 끝이 되자
있어야 할 곳은 여기야
도착해야 했던 곳이야
여기 오직 당신과 나만이-
밀려드는 밤공기 속에서
우리는 겹쳐지고, 아슬하게 스치고
환희와 함께 하나가 돼
다른 건 필요치 않았잖아
우리뿐이야
그렇게 충분했잖아
밤까지 함께 있어
당신이 결국 세상이어서 좋아
마지막까지 당신이라니 좋아

내가 남길 수 있는 건

내일은 슬픔이 아닐거야
슬픔이라 해도
슬픔이 아니야
분명한 당신이었고
사랑이고 그래서 더는
기다림이란 없을 거야
내일은 시작이겠고
그건 마치 처음이야
시가
당신이
한줄이어도 좋겠고
수개의 문장일 거야

처음은 다짐으로

또다시 만나요
이어져 함께이기로 해요
그곳을 향해
나는 손을 흔들겠어요
당신이 보이지 않을 때
가리어진
순간에 나는 그러해요
또다시 만나요
당신이었음 해요

흰 눈이 그저 내리면

슬픔인지 아닌지
알 수 있나요
사랑한 날인지
그저 보통의 날인지
알 수 있나요
눈이 왔었죠
밤이었고요
우리는 아무것도
짐작할 수 없었지만
지금이라는 순간에 살았죠
우리는 조심스러웠지만
세상은 선뜻 다가와주었죠
함께였어요
단둘만이…
고요했습니다

잠시 두 눈을 감아

용서할 수 있어요
끌어안을 수 있어요
어젯일을
그 잘못도
창밖으로요
가만히
흰 눈은 내리잖아요

네 생각 끝

떠가는
유유히
흐르는
꿈에서처럼
마치 낙원일
밤공기
습기
도시
유행가
언덕
구름, 별
너는 가까이
내가 닿는 거리에
말할 수 있는 그곳에
널 좋아해
죽어버릴까

그 아득함을 어떻게 걸어 왔을까

너를 기다렸다고
사랑일 순 없다
하지만 그곳에
너를 향한 내가 있었다
모든 건 평소와 달랐거니와
어느 날 어느 때
나는 너를 외롭게도 하고
일순 뜨겁게도 하였으리라

붉게 물들다

당신이 나의 소소함까지도
오래도록 애틋해하였다면
나도 정말은 그래
고작 티끌 내려앉는
우리의 일에도
온종일 사랑이라 말했었어

아른거리는

아무 말 않기로 해
누가 더 짙은 어둠을 겪었는지
누가 더 사랑 앞에서 맹세했었는지
그래서 치를 떨었는지를
저 달, 너와 나
저 구름이 달을 가리는 동안까지
아무 말 않기로 해
누가 더 사랑하는지
얼마나 안고 싶고 알고 싶고
헌신하고 싶은지
굳이 말 않기로 해
지금의 암연이 못 견딜 지경이라고
달빛과 함께 나의 옆얼굴을
바라보고 싶을 뿐이라고
하고 싶은 말 있었어도
굳이 말 않기로 해
다 알 수 있으니까
진정 나도 너와 같으니까

우리 이 날을 부르자

샘 하나 없는 돌밭 고원에도 꽃이 핀다
겨우내 잠든 꽃이 봄비 한 번에
너도나도 핀다
하물며 덩그러니 척박한 나라도
꽃다운 너 한 송이 안 피었을까

길과 길은 만나기 마련이다

너는 걷는다
방향이 같은 나는
너를 따라 걷는다
긴 손가락
나리는 머리칼
여윈 어깨
너는 잊을 수 없는
뒷모습을 한다
너는 가로수에서
꽃 하나를 떼어낸다
흔들며 걷고
노랫소리가 들려온다

밤은 제자리이고
모두 잠들었지만
너는 걷는다
서두르지 않는다
너는 꽃 하나를
더 떼어낸다

네 걸음은 나풀거리고
나는 여태 세차게 뛰고
네게서 꽃잎 나린다
어쩌다 방향이 같은 나는
너를 따라
한참을 더 걷는다

그리움보다 더 그리웁다

오래도록 지켜본 이가 있다
내 빈 가슴속에
살아온 이가 있다
나로 하여금 사랑을
깨닫게 하는 사람이 있다
그래서 내가 아는 사랑은
헤아리기 쉬웠으며
한 단어로 맺음 하였으며
적어도 분명한 것이었다
내가 매일을 가만
바라다본 이가 있다
가까워지거나 멀어지거나 하며
내게 의미가 돼주는 사람이 있다
분명한 끝이었음에도 나아가
더 긴 길로 인도하는 사람.
오늘도 어제에도
잊은 먼 날까지도
그곳에 서 있는 사람.
사랑은 아직 이르다 해도

그 사람만은 지금 내게 있다

가슴이 뛴다

너를 앞에 두고
실언을 하고
허언을 하고
부푸는 그 마음에
있는 얘기
없는 얘기
좋아한다고
딱 한마디를 못해서

비처럼 바람처럼 시

당신이 남는다면 글을 쓰겠어요
꾹꾹 눌러 못다한 말을 적겠어요
잠들지 않을 것이고, 밤의
마지막 한자락까지 움켜 쥐겠어요
비워내고 덜어내도
내 마음 안, 깊은 곳의 당신이라면
이 글을 맺겠어요
당신은 시가 되세요
늘 그랬듯 내게서 그러하세요

성탄 전야

울리는 종소리 환한 미소들
오색빛 거리 환희로 가득한 밤들
기다림 끝 내리는 눈과
하얗게 쌓이던 소망들
따뜻한 작은 손바닥을 가진 당신과
그 온기에 가슴이 저릿해왔던 나
평화와 구제의 날
성스런 미사와 온정의 기념일
모두 백번 맞지만
나에겐 그저 당신을 안던 날이야

간밤에 다녀갔던가요

내 창을 두드려
새벽잠을 깨우고
양손 가득
꽃 피우는 건
예고된 비였을까
봄이었을까
그저 당신이었을까

불 하나를 켜두었어요

잊지 않고 새겨 두었습니다
우리의 거의 그 모든 걸.
당신이 새까맣게 잊은
어제에도 말입니다
어김없이 아침이 옵니다
끝에서부터 따뜻해오고
밝아옵니다
당신과 함께했던 것들이었죠
아직도 마냥 그립기만 합니다

당신은 언어

당신은 내게 와서
무엇이 되겠어요?
슬픔이라도 좋아요
내게서 그대여
의미가 되어요

풍경

봄을 기다립니다
여전히 아픔이었지만
난 여기 이곳에
오래도록 서있습니다
가볍게 살랑이는
분홍빛 연녹색
그 봄을 기다립니다
늘 멀지않음을 압니다
꽃도 당신도
한가득 마음에 품던
계절입니다

쓰노라면

내가 쓴다면, 당신은
시가 되어줄 건가요
하얀 종이를 펼쳐
적어 내려가고 있어요
고요하고 차분히
내려앉은 순간이죠
종이 위로 벌써 여러 번
당신을 써두었어요

쌓이다

하얀 눈이 내리는 밤…
기억 또 추억 위로 이내 쌓이면
손가락 끝으로 눈을 조금 지워내고
네 이름을 적어보곤 해

가끔씩 찾아 와줘요

가을은 오늘이었고, 나는 잠시 멈춰서
옷매무새를 고쳤지요
맑기만한 하늘은 닿기에 더 멀리
있는 것 같아요
참 보기 좋은 날이지만
당신은 어떤가요
간혹 생각나 추억하진 않았었나요
색을 입은 가을, 그 모습이
퍽 보기 좋았지요
또렷이 당신 생각이 났고요

빈 곳에서

꿈을 노래했다
종이 한 장을 놓고 밤새도록
그 밤 시어가 남지 않을 때까지,
시를 적곤 하였다
노트를 다 채웠었다

섬

섬으로 갔다
다시 돌아오지 않겠다고 했다
그녀와 함께였다

화수분

문장들
그보다 많은 여백
너, 너
늘 오랜 여운
다가와
그 무엇이 된다
네 존재는
쏟아져 내리고
널 받아적기만
하면 되었다
그걸로 넉넉히
시가 되었다

순수히 바라는 일

난 잠들지 않는다
그대는 행복할까
밤이 온다면
그 고요를 순순히
맞이할까
밤새 비가 내렸다
꿈결에 모두들 모르는
일이었지만
난 홀로 불을 밝히었다
시도 썼다
썩 어려운 마음에
그대만은 행복하길
이라고

조용히 소리도 없었지만

눈이 내리고 있었어
조용히 소리도 없었지만
줄곧 가슴을 울려댔지
내 안의 작은 소요는
내리는 이 눈 때문일까
내 옆에서 작은 숨을
뱉고있는 당신이라서 일까
겨울이 왔고 당신과
나란히 걷고 있었어
멈춰서 당신을 끌어당겨
안았지
흰 눈이 하염없었지

나약함 속에서도

벚꽃이 내린다
바람이 불자 꽃잎은 춤을 추며
당신의 머리칼과
여윈 어깨위로 내려앉는다
이 날을 어떻게 표현할까
흐드러진 연분홍 순수
고이도 져가는 순전함
벚꽃이 내린다
지는 이때에 어느 곳에서는
봄이 돋는다

당신이 그렇다

4월이었고
꽃나무를 보자했지
손잡아 이끌었지

그때 그 백목련을
내가 아직 기억하리요
꽃그늘 아래
조붓한 당신을
어찌 아니 담았겠소

당신을 두고
그 환한 날에
백목련 흐드렀지만

잊지도 않고

봄이 올런가
그 언제일런가
찬바람 불 수도 있다
아침 흰 서리가
아직 맺힐 것이다
옷깃을 여미게 됐어도
그래도 봄이다
이르다지만
어제에 가져본 내일
보라, 벌써
잎을 내는 것들이 있다

당신이 열고 들어 왔어요

나 못다한 말이 있는데
시간은 기울고
다만 흐르고
당신은 기다려주질 않네
야속하지만
난 원망하지 않어
더 애틋하기만 해
내게 있는 몇줄 말이
덜어지지 않고
하나 둘 그리고 셋
더해지기만 하네
가슴은 부풀고 뛰고
당신을 탓하진 않어
지금도 밤 또 아침
지고 피는 애틋함이라

오래도록 회상하다

누구나의
사랑이라는 그 이름
열꽃에 타오르다
어떨 땐 전부를 걸었었지
그걸로도
부족하다 했어

거듭 거듭

깊이 고민한 끝
글을 써도
이건 시가 되지 않네
단번에 진심을
말하고 싶었는데
글줄만 느네
당신은 이리
복잡하지도
돌려 말하지도
않는 것이어서
지우네
당신이 명징한
한줄이 되기까지
또 쓰네

작고 조그맣지만

까만 밤중에 동이 트는 쪽을
향하는 것처럼
인생은 기다리고 바라는 일의 연속
다시 돌아올 내일의 인연에
또 얼마나 가슴 일렁였던가
울고 웃게하는 생이 놀랍지 않은가
나와 당신의 만남이 스침이 회상과
재회가 끝나지 않고 계속된다
이른 아침엔 바라는 마음이었다
무언가 늘 이루어졌다

연(緣)

당신에게만 사랑이 있는 것 같아
당신을 사랑하게 되었습니다

돌에 피는 꽃

누가 하찮은 들풀이라 했나
우리는 온전히 겨울을 난 적 있나
긴 기다림을 품었던가
꺾이고 포기하는 순간에도
들풀은 꽃을 밀어 올리는 중이었다

동백(冬柏)

어느 날 당신은 말했지 당신 길을 가겠노라고
그 길은 멀어서 잊는 길이라고
도중에 날 까마득히 잊고 말 거라고
고심하다 밤잠 못이루다
5월이 오기 전 동백 아래서 난 답했지
흐드러진 홍동백 간밤의 몽중상심
말했지 아, 떨고 있었지
복사꽃 필 때부터 적송에 첫눈 맺힐 때까지
그것의 십수번이 내 고대함일거라 답했지

오늘 이 그리움은

겨울이 왔고 눈을 기다리네
그 걸음 하얀 당신을 그리네
불을 밝히고
전할 말을 연습하고
시간을 느리게 셈해봐
밤은 늦어 모두들 잠에 들고
어느새 하늘에서
가볍게 흔들리며 눈 내리네
당신은 기약없고, 이 밤은
함박눈에 하얗게 새어오고
하염없이 바라보다
슬픈 이 순간을 잊고 마네

작가의 말

누군가 살았다.

숨 쉬었으며, 걸었으며, 이곳에서 저곳으로 다녀갔었다.

사랑했다.

애원했으며, 울었었다.

어제였고, 수일 전이었고 어쩌면 수해 전이었다.

기억되어지거나 또 일부 버려졌고 잊혀졌다.

내가 알고 기억하는 일은 여기까지이다.

내가 당신에 대해 몰두하고, 알아야 할 것도 여기까지이다.

어쩌면 나는 그 얼굴들과 감정들을 오해한 걸 수 있다.

사랑은 상당 부분 감추어지기 때문이다.

당신도 나 스스로도 그 과정과 끝을 바로 본 적이 없기에 나는 섣불리 거짓을 하나 지어버린건지 모른다.

다가서지 못할 경계를 건너다보다 감히 이 일을 하고야 말았다.

그럼에도 불구하고 당신들은 줄곧 사랑이었으며 바람이었으며, 나날이었고, 동무였고, 참 많이도 눈물나게 하던 이였다.

감사 또 감사하고 내가 숨을 머금는 한 그리워할 순간들이 내게 있다.

마땅히 아파하겠고 사랑하겠다고 다짐했었다.

publisher   instagram

그저 ☀ 이 밤이 좋아서

초판발행 2024년 3월 20일 **2쇄발행** 2024년 4월 23일

지은이 김필

펴낸이 최대석 **펴낸곳** 행복우물 **출판등록** 307-2007-14호

등록일 2006년 10월 27일 **주소** 경기도 가평군 경반안로 115

전화 031-581-0491 **팩스** 031-581-0492

전자우편 book@happypress.co.kr

정가 12,000원   **ISBN** 979-11-91384-90-1